LEER Y APRENDER

Johnston McCulley

Traducción, adaptación didáctica, notas y actividades por
Margarita Barberá Quiles

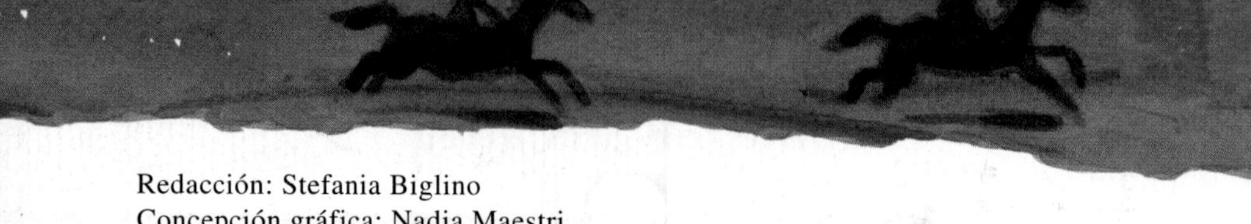

Redacción: Stefania Biglino
Concepción gráfica: Nadia Maestri
Ilustraciones: Alfredo Belli

Primera edición: septiembre 1999

Para cualquier sugerencia o información se puede establecer contacto con la siguiente dirección:
redaccion@cideb.it
www.cideb.it

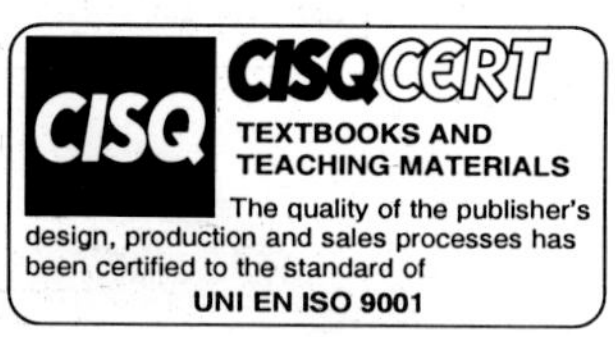

ISBN 88-7754-895-9

Impreso en Italia por Litoprint, Génova

Índice

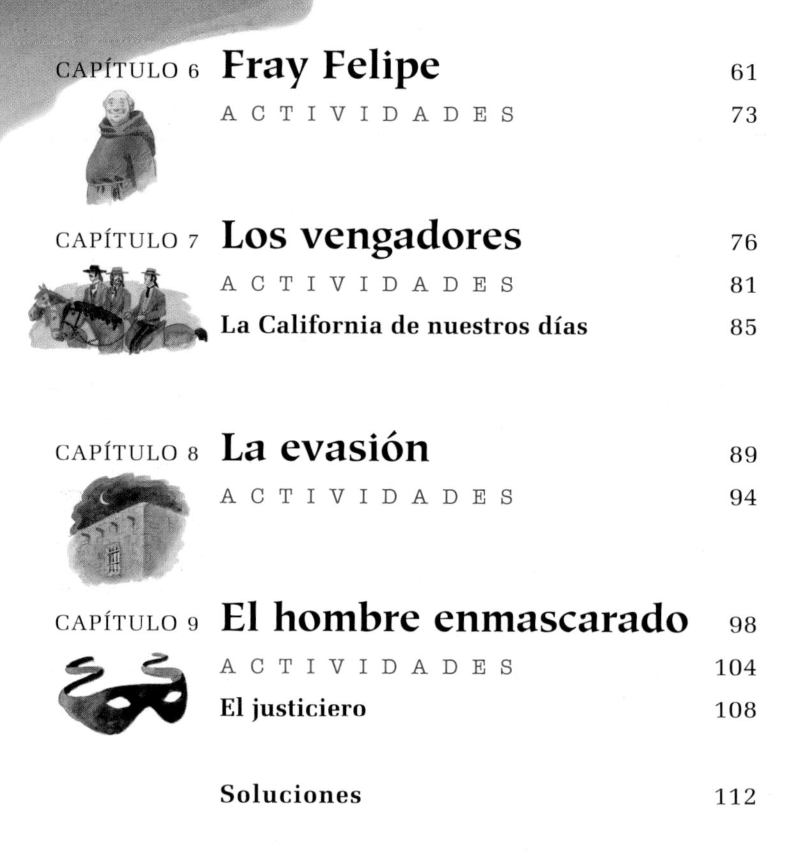

Texto integralmente registrado.

 *Este símbolo indica las actividades de audición.*

Introducción

Esta historia tiene lugar en la California española, durante la primera parte del siglo XIX.
La historia del Zorro es una vieja leyenda del lugar.
California es descubierta en 1542 y posteriormente colonizada en 1769, por los españoles, quienes crean allí numerosas misiones.
Después de 1682 los Franciscanos fundan una rama misionera especial de su orden y entre sus miembros, Fray Junípero Serra (1713-1784) es quizá el más famoso. Algunas de las ciudades importantes de la moderna California, le deben, por lo menos en parte, sus comienzos.
Por el tratado de Guadalupe Hidalgo (1848) termina la guerra entre Estados Unidos y Méjico. Méjico cede a los Estados Unidos el Nuevo Méjico, Texas y California.
California se convierte en 1850 en el estado número 31 de la Unión.
Se llama El Camino Real a la ruta que une a todas las misiones.

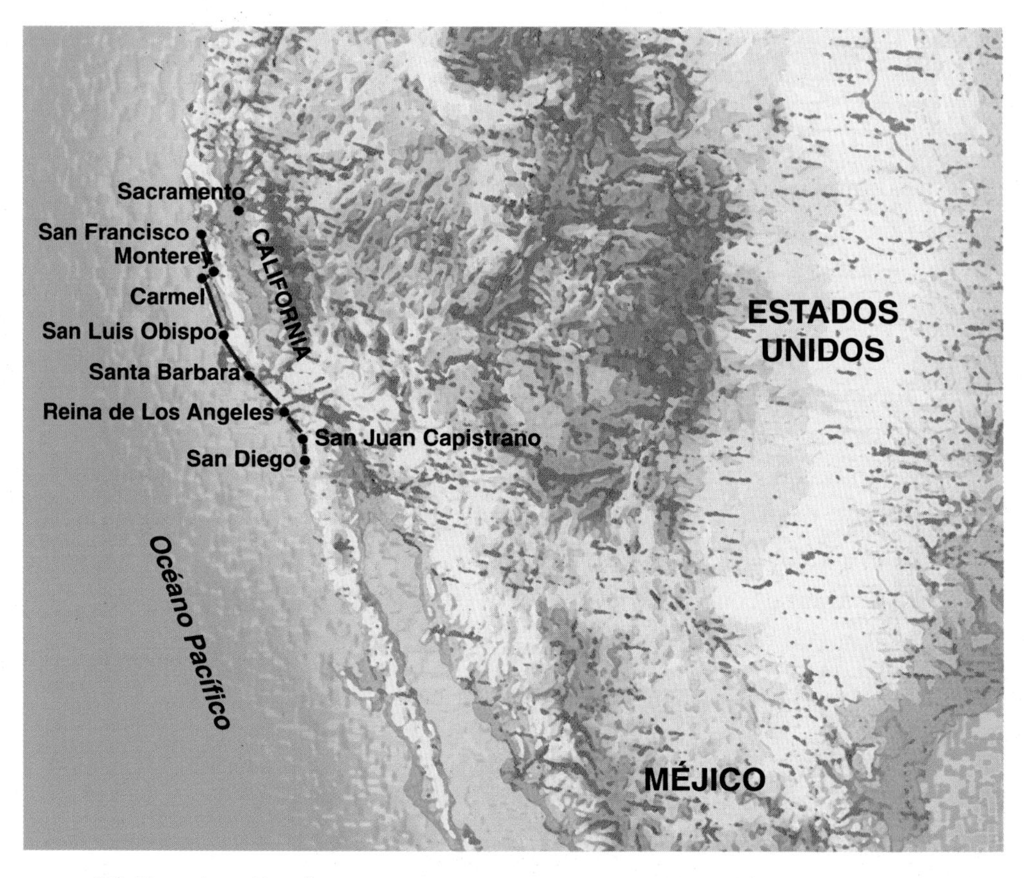

El Camino Real.

CAPÍTULO 1

Una noche de tormenta

Reina de los Ángeles es un pueblo español situado en el Sur de California (ver mapa). En el pueblo hay un Fuerte [1] con soldados españoles y una iglesia; es la misión española. Los frailes españoles también, habitan en ella.

Alrededor del pueblo hay hermosas haciendas [2] con patios [3].

---

1. **fuerte** : guarnición.
2. **hacienda** : rancho, dominio, latifundio.
3. **patio** : jardín interior en una casa.

El Zorro

Esta noche tiene lugar una terrible tormenta, está lloviendo. Hace una noche de perros [1].

En la taberna del pueblo varios soldados y algunos hombres charlan tomando un trago [2].

El sargento Pedro González está con ellos, es un hombre enorme y fuerte de cierta reputación en El Camino Real, como se llama el camino que une a las Misiones. Es una típica tormenta de febrero del sur de California. En todas las haciendas arde el fuego en el hogar, mientras los tímidos nativos se refugian en sus cabañas de ladrillo contentos de tener refugio.

Son los días de la decadencia de las misiones y hay poca paz entre los militares y los saqueados Franciscanos, que siguen el ejemplo de Fray Junípero Serra, fundador de la primera misión en San Diego de Alcalá.

Cuando la conversación decae uno dice:—Qué noche tan horrible, ¿dónde estará el Zorro con esta lluvia?

—¡El Zorro!¡ No menciones ese nombre! Es un bandido y un criminal – dice el sargento González.

—Es el terror del sur de California – dice otro soldado.

—La gente dice que roba a los ricos para darlo a los pobres.

---

1. **noche de perros** : fam. noche en que hace muy mal tiempo.
2. **tomar un trago** : fam. tomar una bebida lenta y pausadamente .

Una noche de tormenta

—Es amigo de los nativos y de los frailes y castiga a la gente deshonesta – dice un hombre anciano.

—¡Ah! El Zorro es un personaje misterioso. ¿Quién es? No sabemos su nombre, ignoramos su origen. Siempre lleva puesta esa máscara negra y nadie puede ver su cara. Cabalga por El Camino Real sobre su veloz caballo y es muy bueno con la espada – dice el sargento.

—Sí, y deja su marca – la Z – por todas partes dice el anciano.

El Zorro

—Nadie es capaz de arrestarle. El Gobernador de California ofrece una gran recompensa [1] por su captura [2] – dice un soldado.

En ese momento un hombre entra en la taberna. Es joven y apuesto [3].

Tiene el cabello y los ojos oscuros. Va vestido elegantemente.

—¡Don Diego Vega, amigo mío! Dice el sargento González. Su traje está completamente mojado [4].

—¿Adónde se dirige usted en una noche como ésta?

Don Diego sonríe y dice: – me dirijo a mi hacienda pero tengo frío y estoy mojado. Quiero tomar un trago.

—Venga aquí junto al fuego – dice el sargento. Aquí tiene un buen vaso de vino.

—Gracias amigo mío – dice Don Diego – pero continúen la conversación.

—Estamos hablando del Zorro, todo el mundo tiene miedo.

—¿Usted también tiene miedo sargento? – Pregunta Don Diego.

---

1. **recompensa** : compensación económica, retribución.
2. **captura** : arresto, detención.
3. **apuesto** : bello, guapo, gallardo.
4. **mojado** : lo contrario de seco.

Una noche de tormenta

—No, yo no tengo miedo y estoy dispuesto a luchar con ese bandido, soy el mejor con la espada ¿qué opina usted Don Diego? – pregunta el sargento.

—Todo el mundo habla acerca de ese misterioso hombre enmascarado. Mucha gente habla bien de él – dice Don Diego.

—Yo quiero luchar contra él y capturarle, quiero la recompensa – dice el sargento González.

—No quiero oír hablar de lucha, odio [1] la lucha y la violencia. Creo que el Zorro es sincero. Castiga solamente a los malvados [2]. Protege a los pobres, a los nativos y a los frailes. Dejadle hacer su trabajo – dice Don Diego.

—Usted es un hombre amable, ama la música y la poesía, usted es rico y noble, por eso no entiende nada – dice el sargento.

Don Diego sonríe y dice:—Son las seis de la tarde debo regresar a mi hacienda. Buenas noches a todos.

Abre la puerta de la taberna y desaparece bajo la lluvia.

---

1. **odio** : aborrezco, siento horror.
2. **malvados** : criminales, perversos.

Tras la pista del Zorro

1 Contesta a las siguientes preguntas.

1. ¿Dónde se encuentra Reina de los Ángeles?
2. ¿Qué hay en el pueblo?
3. ¿Qué hay alrededor del pueblo?
4. ¿Qué tiempo hace?
5. ¿Quién es el fundador de la misión de San Diego de Alcalá?
6. ¿Por qué todo el mundo tiene miedo del Zorro?
7. ¿Cómo es Don Diego?
8. ¿Cómo es el sargento González?

2 Vuelve a leer el capítulo I y completa el ejercicio.

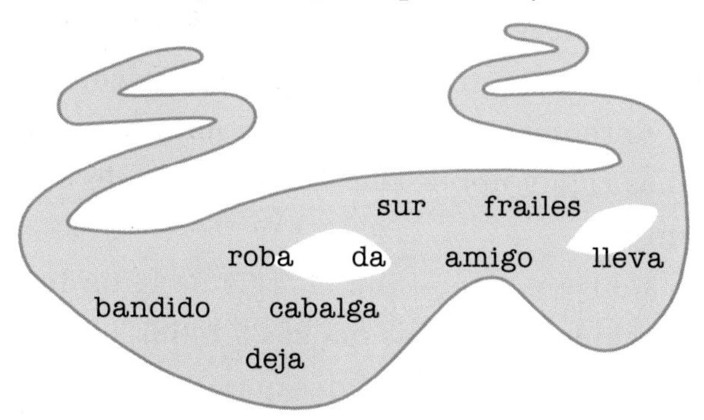

1. El Zorro es un .... y un criminal.
2. Es el terror del .... de California.
3. El Zorro .... a los ricos y lo .... a los pobres.
4. Es .... de los nativos y de los ....
5. El Zorro .... una máscara negra.
6. .... por El Camino Real.
7. .... su marca – la Z –por todas partes.

3 **Contesta a las preguntas siguientes acerca de Don Diego.**

1. ¿Es un hombre anciano?
2. ¿Qué aspecto tiene?
3. ¿Va mal vestido?
4. ¿Por qué entra en la taberna?
5. ¿Adónde se dirige?
6. ¿Qué piensa del Zorro?
7. ¿Es pobre? ¿Es un hombre cultivado?

4 **¿Cuál es su nacionalidad?**
Completa el cuadro siguiente. Puedes usar el diccionario.
Los frailes de la Misión son españoles.

País	Nacionalidad
España	Español
Francia	....
....	Italiano
Méjico	....
Alemania	....
....	Inglés
....	Escocés
Portugal	....
Chile	....
....	Argentino
....	Peruano
Dinamarca	....
Suecia	....
Bélgica	....
Holanda	....
....	Noruego

Lee el ejemplo y completa las frases.

Ej. José vive en Madrid. Es *español*.

1. Paolo vive en Roma. Es ....
2. Jean Baptiste vive en París. Es ....
3. Elizabeth vive en Liverpool. Es ....
4. La familia MacDonald vive en Edimburgo. Es ....
5. Oscar vive en Francfurt. Es ....
6. Lupita vive en Veracruz. Es ....
7. La reina Margarita vive en Copenhage. Es ....
8. Harald vive en Oslo. Es ....

5 A ¿Tienes el oído fino? Escucha con atención.
¿Qué sonido oyes, [p] o [b]?

	1	2	3	4	5	6	7	8	9
[p]									
[b]									

B Completa con p, v o b según convenga.

1. Reina de los Ángeles es un ...ue...lo es...añol ...oco ...o...lado situado en el Sur de California.
2. Hay una misión. Los ...iejos frailes ha...itan en ella.
3. Dicen que el Zorro ro...a a los ricos y lo da a los ...o...res.
4. El Zorro ca...alga por el Camino Real so...re su ...eloz ca...allo y es muy ...ueno con la es...ada.
5. En ese momento un hom...re jo...en y a...uesto entra en la ta...erna.

Formas de cortesía

Señora, Señorita, Señor, Señorito
Caballero,
Don, Doña

Señor, Señora (del latín senior) se usa seguido del apellido cuando te diriges a una persona determinada, de cierta edad, independientemente de su categoría social.

Señor López ¿Cómo está usted?
Buenos días Señora Pérez.

Si se usa indirectamente se antepone el artículo determinado

El Señor López viene a las nueve de la mañana.
La señora Pérez no trabaja los Viernes por la tarde.

Señorita es el diminutivo de señora.
Se usa para dirigirse a mujeres jóvenes del mismo modo que señor/a.
También se emplea como tratamiento de cortesía a profesoras, o a empleadas de la administración o del comercio.

Señorito es el diminutivo de señor.
Normalmente se usa para designar a un joven acomodado y ocioso despectivamente.

Don y **Doña** (del latín dominus) es una forma de cortesía que se antepone al nombre.

Buenos días Doña Carmen.

Se puede usar también **Señor Don** o **Señora Doña** o **Señorita Doña.** En ese caso debe emplearse el nombre y el apellido.

Señor Don Pedro Giménez.

Se usa principalmente en las cartas.

Caballero es más formal que Señor. Denota respeto y va dirigido a un hombre de cierta consideración social y buen porte. Se usa cuando te diriges directa y verbalmente al «caballero» en cuestión.
No va seguido de nombre o apellido.

Caballero pase por aquí, por favor.

En esa situación en femenino se dice:

Señora /Señorita pase por aquí por favor.

6 Completa con la forma de cortesía adecuada.

1. Buenos días, ¿Sabe si .... López está por aquí?
   No, está a punto de llegar. Mire ¡Ahí llega!
   ¡Ah! Buenos días .... López, debo decirle algo.
2. .... ¿tengo bien el examen?
   .... Pérez no vendrá hoy a clase, pues está enferma, chicos, podéis salir al patio.
3. Por favor (a la dependienta de un comercio) ....
   ¿Cuánto vale este perfume?
   No lo sé (dirigiéndose a un hombre de buen porte)
   .... espere un momento y se lo digo.
4. Debo escribir una carta al Director y no sé cómo dirigirme.
   Pues debes poner .... Pedro Villa.
5. Buenos días .... Carmen ¿Cómo está usted hoy?
   Muy bien .... Vicente ¿y usted?

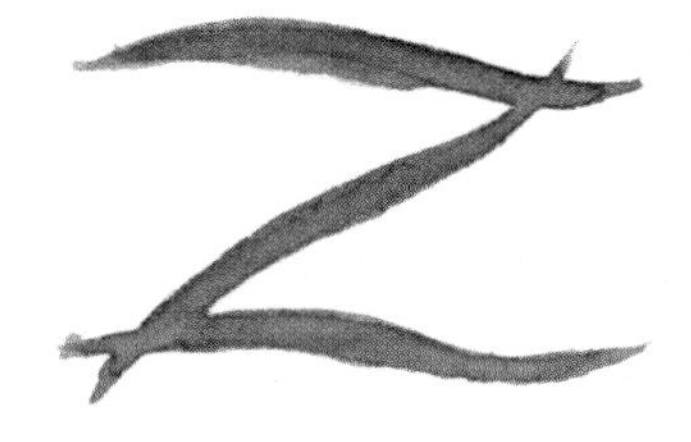

CAPÍTULO 2

Una visita sorpresa

A las siete de la tarde el sargento González y sus soldados están aún en la taberna, junto al fuego.

Todavía están hablando del rico Don Diego y de su familia.

La puerta se abre de repente, giran la cabeza y ven a un hombre. Va vestido de negro con una máscara y un sombrero negros.

—¡El Zorro! – exclaman los soldados.

—¡Buenas noches! – dice el hombre enmascarado.

El Zorro

Los hombres en la taberna están muy sorprendidos y asustados [1].

El sargento González le mira atentamente y exclama:

—¿Qué deseas bandido?

El Zorro se ríe a carcajadas [2]. Mira al sargento González y le dice:

—Estoy aquí para castigarle, sargento.

—¿Qué quiere decir? ¡Para castigarme! ¿Está bromeando? – replica el sargento.

—Estoy enterado de que usted pega [3] a los pobres nativos. Soy amigo de los nativos. Así que estoy aquí para castigarle.

—Usted es idiota. El gobernador le quiere vivo o muerto – dice el sargento González desenfundando [4] su espada para luchar.

En ese momento el Zorro saca una pistola y observa a los soldados tranquilamente.

El sargento González mira la pistola y le dice:

—Los hombres valientes no usan las pistolas sino las espadas, ¿quizá no es usted lo bastante valiente Zorro?

---

1. **asustados** : impresionados, temerosos.
2. **reír a carcajadas** : reír con risa desbordante y ruidosamente.
3. **pegar** : maltratar, golpear, herir.
4. **desenfundar** : extraer, sacar.

Una visita sorpresa

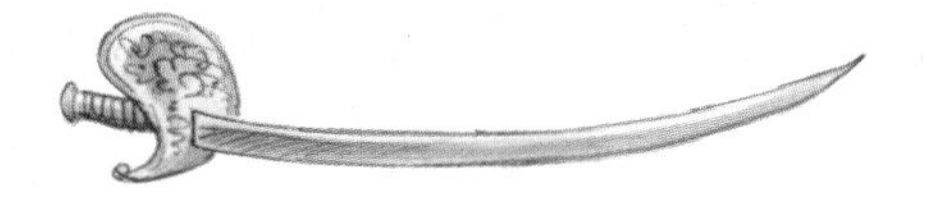

—Esta pistola es necesaria porque aquí están todos sus amigos. Deben permanecer todos junto al fuego sin moverse – dice el Zorro.

—Tengo una pistola en mi mano izquierda y una espada en mi mano derecha. Estoy dispuesto a castigarle.

—Entonces ¡en guardia Zorro! [1]

Los dos hombres luchan. Sus espadas son rápidas. Son adversarios hábiles, pero el Zorro es listo [2], rápido y ligero mientras que el sargento es lento y pesado. El Zorro salta sobre una mesa y a continuación sobre una silla. El combate continúa y el Zorro hace caer al suelo la espada del sargento. La cara del sargento se pone pálida, tiene miedo. Entonces el Zorro le da una sonora bofetada [3] sobre su gruesa mejilla [4] y le dice:

—¡Aquí tiene su castigo González! Y a continuación dibuja una «Z» sobre la camisa del enorme sargento con la punta de su espada.

El Zorro se dirige a la ventana, la abre y dice:

—¡Buenas noches señores! Salta y un instante más tarde desaparece.

---

1. **¡en guardia!** : preparado, listo.
2. **listo** : perspicaz, agudo, vivo.
3. **bofetada** : golpe que se da en la cara con la mano abierta.
4. **mejilla** : parte más carnosa de la cara, carrillo.

Tras la pista del Zorro

1 Contesta a las siguientes preguntas

1. Son las siete de la tarde ¿Dónde está el sargento González y sus hombres?
2. ¿De qué están hablando?
3. ¿Por qué el Zorro quiere castigar al sargento González?
4. ¿Por qué se pone pálida la cara del sargento?
5. ¿Por qué el Zorro le da una bofetada?
6. ¿Dónde dibuja la Z?

El Zorro es listo. Cuando los pobres y los frailes le necesitan siempre está listo para ayudarles.
¿Estás listo?

No es lo mismo **Ser listo**, que **Estar listo**.

Ser listo significa
Ser rápido en el entendimiento.

Juanito es un niño muy listo.

Estar listo significa
Estar preparado para hacer algo, estar en guardia.

Nos vamos de viaje, ¿Estás listo?

También existe la expresión «estar listo» y quiere decir que un propósito o una esperanza de llevar un asunto a feliz término no va a salir bien.

Si esperamos atrapar al Zorro ¡Estamos listos!

2 ¿Qué hora es?

1. 7.10 Son las siete y diez.
2. 9.15 ....
3. 6.25 ....
4. 8.30 ....
5. 1.40 ....
6. 3.45 ....
7. 4.55 ....

3 Une cada palabra a su contrario.

1. negro	**a.** delgado
2. noche	**b.** norte
3. gordo	**c.** blanco
4. hombre	**d.** dulzura
5. frío	**e.** pobre
6. sur	**f.** día
7. lluvia	**g.** calor
8. violencia	**h.** sol
9. rico	**i.** mujer
10. abrir	**j.** cerrar

Gramática ¡dichosa gramática!

Formación del presente del indicativo, del imperativo y del presente del subjuntivo (de lo verbos regulares).

Grupo	Presente de Indicativo	Imperativo	Presente de Subjuntivo
-ar	-o, -as, -a, -amos, -áis, -an	-a, -e,-emos, -ad, -en	-e, -es, -e, -emos, -éis, -en
-er	-o, -es, -e, -emos, -éis, -en	-e, -a, -amos, -ed, -an	-a, -as, -a, -amos, -áis, -an
-ir	-o, -es, -e, -imos, -ís, -en	-e, -a, -amos, -áis, -an	-a, -as, -a, -amos, -áis, -an

El presente del indicativo, el imperativo y el presente del subjuntivo de los tiempos simples se forma añadiendo al radical del verbo las terminaciones indicadas en el cuadro de arriba. La segunda persona del singular del modo imperativo, por regla general, corresponde a la 3a persona del singular del Presente de Indicativo.

Él estudia.- ¡estudia!

La segunda persona del plural se forma cambiando la -r del infinitivo por -d.

Estudiar.- ¡estudiad!

Las demás formas pertenecen al presente del subjuntivo. Para dar órdenes en forma negativa se emplea el presente de subjuntivo.

¡estudia! ¡no estudies!

4 **Escribe los siguientes verbos en la tercera persona del singular del presente de indicativo en la columna correspondiente.**

situar charlar entrar arder dejar
abrir saquear opinar mencionar robar
castigar dirigir entender luchar proteger
hablar amar querer creer

-ar	-er	-ir

5 **Vuelve a leer el cuadro gramatical de la página anterior y da una serie de órdenes en Imperativo.**

Ej: Hay que firmar los documentos ¡firma los documentos!

1. Abrochar el cinturón de seguridad en el coche. ....
2. Parar cuando el semáforo está rojo. ....
3. Apagar el cigarrillo antes de entrar en el cine. ....
4. Sacar la entrada antes de entrar a un espéctaculo. ....
5. Cruzar la calle cuando el semáforo está verde. ....
6. Coger el paraguas cuando llueve. ....

7. Aplaudir cuando un espectáculo termina. ....
8. Añadir sal cuando la comida está sosa. ....

Ej. No se puede – Fumar en clase ¡No fumes en clase!

1. Fumar en el cine. ....
2. Echar papeles al suelo. ....
3. Leer sin luz suficiente. ....
4. Pasear al perro suelto por la calle. ....
5. Abrir la puerta de un vehículo cuando está en marcha. ....
6. Beber alcohol si eres menor de edad. ....
7. Servir la sopa fría. ....
8. Cantar en clase. ....

6 **A ¿Tienes el oído fino? Escucha con atención. ¿Qué sonido oyes, [s] o [θ]?**

	1	2	3	4	5	6	7	8	9
[s]									
[θ]									

B Completa con S con C o con Z según convenga.

1. El ...argento Gon...ále... y ...u... ...oldado... e...tán hablando ...ola...ado... de Don Diego y ...u familia, tomando vino y ...erve...a.
2. De repente ...e abre la puerta, giran la cabe...a y ven a un hombre con un ...ombrero y con má...cara negro...
3. El Zorro di...e:
   ¡E...toy aquí para ca...tigarte Gon...ále...!
   Todo... e...tán ...orprendido... y a...u...tado...

CAPÍTULO 3

La hacienda de la familia Pulido

Al día siguiente hace calor y el sol brilla. Muy temprano, Don Diego salta sobre su hermoso caballo negro y se dirige a la hacienda de Don Carlos Pulido.

Don Carlos es un buen amigo de la familia de Don Diego. Ambas familias son ricas e importantes.

El gobernador de California no siente ninguna simpatía por Don Carlos y quiere quitarle sus tierras.

Don Carlos se siente muy feliz al ver a su amigo.

—¡Buenos días, Don Diego! ¡Qué agradable sorpresa! Vamos al patio.

La hacienda de la familia Pulido

—Gracias. Estoy aquí porque quiero decirle algo muy importante.

—Le escucho.

—Tengo casi veinticinco años. Mi padre quiere verme casado y con una familia. Yo, no estoy interesado en el matrimonio. Pienso que el amor y el matrimonio son un aburrimiento [1] pero debo obedecer [2] a mi padre. ¿Cuántos años tiene Lolita? – pregunta Don Diego.

—Lolita tiene dieciocho años y es encantadora y muy bella – responde Don Carlos.

—Sí, es muy hermosa – dice Don Diego. ¿Puedo pedir la mano de su hija?

Don Carlos sonríe, está feliz.

—Es un honor para nosotros formar parte de vuestra familia. Tiene usted mi consentimiento [3]. Diego, ¿desea usted ver a Lolita?

—Sí, es necesario, declara Don Diego.

Don Carlos llama a su hija y ella acude al patio. Lolita es una muchacha muy hermosa con cabellos negros y largos y ojos oscuros.

—¡Lolita! Don Diego está aquí, quiere decirte una cosa muy importante.

---

1. **aburrimiento** : fastidio, disgusto.
2. **obedecer** : respetar, escuchar, acatar.
3. **consentimiento** : autorización, aprobación.

El Zorro

—Buenos días señorita. Debo decirle algo – dice Don Diego sonriendo. Tengo el honor de pedir su mano, si su padre está de acuerdo.

—¡Oh Señor! ¿Desea usted pedir mi mano? – exclama Lolita – sorprendida y turbada [1]. Sus mejillas están rojas.

—Puede usted reflexionar [2] y dar una respuesta mañana a mi criado.

1. **turbada** : confusa, aturdida.
2. **reflexionar** : pensar, meditar.

La hacienda de la familia Pulido

—¡A su criado! ¿Por qué razón no puede usted venir mañana?

—¡Oh! Vivo muy lejos y el viaje a caballo es muy cansado. Prefiero esperar su respuesta en la hacienda.

—¿Quiere usted cortejarme y casarse conmigo? ¿Esa es la importancia que da usted al matrimonio?

¿Esta es su idea del amor? Quiero casarme con un hombre fuerte pero también sensible y romántico.

Usted es joven y rico pero ni fuerte ni romántico ¿tiene usted corazón? Pregunta Lolita enfadada [1]. Y diciendo esto se marcha del patio a contar a su madre las intenciones de Don Diego.

Doña Catalina, su madre, le dice:

—Eres afortunada, Lolita. Don Diego es muy rico, procede de una noble familia. El gobernador frecuenta su casa y siente simpatía por ellos. Es una gran oportunidad para nuestra familia.

Por la tarde Lolita se encuentra sola en el patio. Está pensando en las palabras de Don Diego, de repente oye un ruido y se vuelve. Ve al Zorro delante de ella. ¡Zorro! – susurra [2].

—¡No tenga miedo señorita! Yo solamente castigo a la

---

1. **enfadada** : enojada, disgustada.
2. **susurrar** : hablar en voz muy baja.

gente perversa. Siento simpatía por su padre porque es un hombre honrado. Estoy aquí para admirar su belleza.

—¿Cómo? No puede quedarse aquí, su vida corre peligro – dice la joven.

—Usted es hermosa y adorable – dice el Zorro.

—Permítame besar su mano. El Zorro toma su diminuta [1] mano y la besa.

Lolita le mira fijamente a los ojos y sonríe. Un momento después sale corriendo hacia el interior de la casa.

—¡Qué hombre tan valiente! Es un bandido y está fuera de la ley pero me gusta – piensa la joven.

---

1. **diminuta** : pequeña.

Tras la pista del Zorro

1 Contesta a las siguientes preguntas.

1. A la mañana siguiente ¿Qué tiempo hace?
2. ¿Qué hace Don Diego?
3. ¿Qué edad tiene Don Diego?
4. ¿Qué piensa Don Diego del amor y del matrimonio?
5. ¿Qué edad tiene Lolita?
6. ¿Cómo es Lolita?
7. ¿Para qué va Don Diego a casa de Don Carlos Pulido?
8. ¿Qué piensa Lolita del Zorro?

2 Escribe cada preposición en su espacio correspondiente. (Algunas debes usarlas más de una vez).

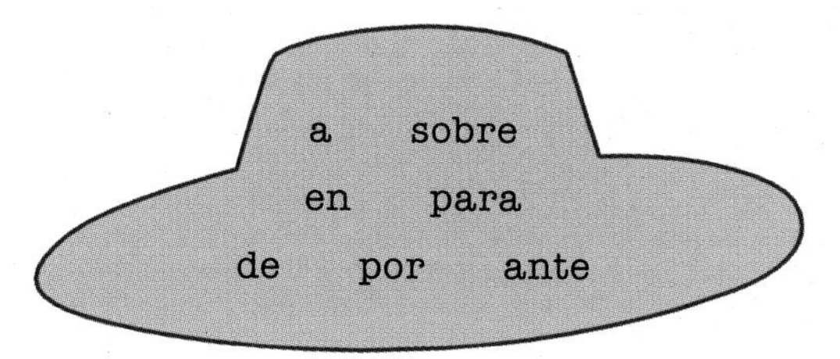

1. Don Diego salta .... su hermoso caballo y se dirige .... la hacienda de la familia Pulido.
2. Don Carlos se siente muy feliz .... ver a su amigo.
3. Don Diego no está interesado .... el matrimonio.
4. Es un honor .... los Pulido formar parte .... la familia Vega.
5. Don Diego procede .... una rica familia y el gobernador siente simpatía .... ellos.
6. Don Diego desea pedir la mano .... la señorita Lolita Pulido.

7. Por la tarde, Lolita está sola .... el patio, pensando .... las palabras .... Don Diego y .... repente ve .... Zorro .... ella.
8. El Zorro siente simpatía .... el padre .... Lolita porque es un hombre honrado.

3 Completa las frases con las palabras siguientes.

corazón pelo ojos cara mano

1. La .... de Lolita está roja. Lolita tiene el .... largo y los .... oscuros.
2. Lolita dice a Don Diego ¿Tiene usted ....?
3. El Zorro toma la .... de Lolita y la besa.

4 Forma frases con las palabras siguientes.

1. hija / Don Carlos / de / Lolita / la / es
2. 18 / Lolita / años / tiene
3. Tiene / pelo / y / oscuros / el / negro / ojos / los
4. Ella / romántico / casarse / desea / con / hombre / un / fuerte / y
5. porque / al Zorro / ama / Ella / valiente / es / hombre / un

5 Las frases siguientes son ¿verdaderas o falsas?

		V	F
1.	Don Diego va a pie a casa de Don Carlos.	☐	☐
2.	Don Carlos Pulido es amigo del Gobernador.	☐	☐
3.	Don Diego pide la mano de Lolita a Doña Catalina.	☐	☐
4.	El padre de Don Diego es Don Alejandro.	☐	☐
5.	Don Diego está deseando casarse.	☐	☐
6.	Lolita tiene los cabellos rubios y los ojos verdes.	☐	☐
7.	Lolita es sensible a los encantos de Don Diego.	☐	☐
8.	Lolita es sensible a los encantos del Zorro.	☐	☐

6 Entre los adjetivos siguientes elige los adecuados para hacer el retrato del hombre ideal para Lolita.

fuerte indolente autoritario
valiente atrevido sensible torpe enérgico
galante simpático grosero

....

....

....

....

....

La California española

Es imposible hablar de la California española y no mencionar a *Fray Junípero Serra.*

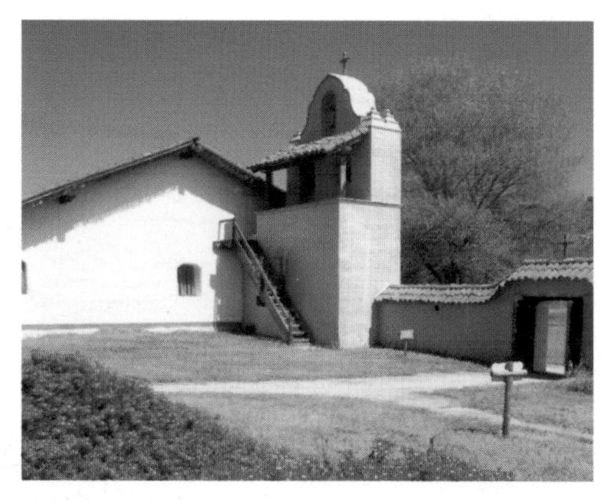

La Purísima Concepción.

Fray Junípero Serra nace el 24 de Noviembre de 1713 en la isla de Mallorca, en un pueblecito llamado Petra. Procede de una familia sencilla de honrados labradores. Sus padres le llevan a la escuela del convento Franciscano. Como es muy buen estudiante, después se marcha a Palma de Mallorca a cursar estudios superiores. Desde los quince años asiste a clases de Filosofía en el convento de San Francisco de Palma. Se siente llamado por la vocación religiosa. En 1731 toma el hábito de Franciscano, cambiando el nombre

Palacio de justicia del Condado de Santa Bárbara.

de Miguel José por el de Junípero. Enseña Filosofía desde 1740 a 1743 siendo un excelente profesor.
En Abril de 1749, sintiendo la vocación misionera, se embarca desde Cádiz para Veracruz (Méjico).
Seis meses después ya le vemos de Presidente, con un grupo de voluntarios camino de Sierra Gorda. Está ocho años por aquellas tierras.
Aprende la lengua de los nativos, enseña a cultivar la tierra a los indios.
Monta granjas y talleres donde enseña a tejer y a cocinar los alimentos, a las indias.

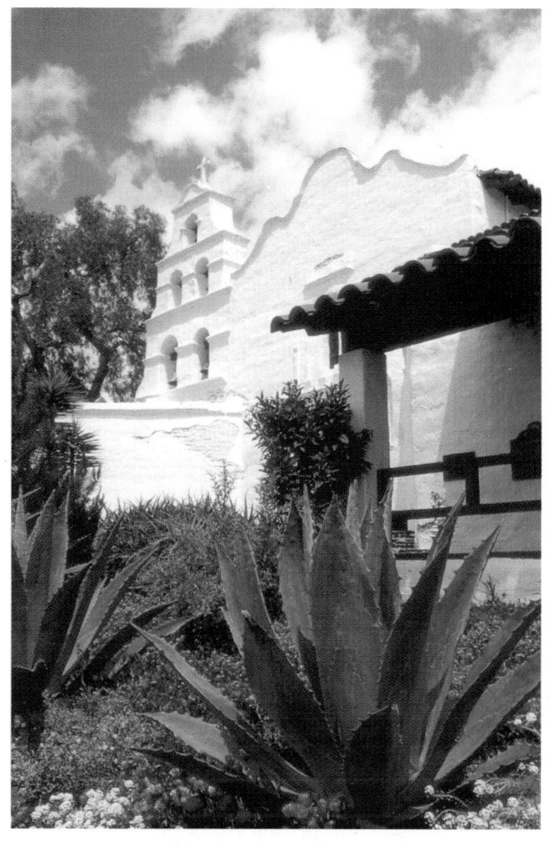

La Misión de San Diego de Alcalá.

La tarea más difícil con los indios es sin duda enseñarles español y palabras que representan ideas o cosas desconocidas para ellos, como por ejemplo «arado [1]».

1. **arado** : instrumento de agricultura que, movido por la fuerza animal o mecánica, sirve para labrar la tierra abriendo surcos en ella.

A estos indios dispersos y desprovistos de todo, les da albergue y alimento junto a la acogedora misión.
Transforma de tal manera esa zona montañosa que la convierte en un jardín y a los nativos en ciudadanos.
Se le llama para acudir a Texas, a las Misiones de San Saba porque están destruidas por los apaches y flechados [1] los misioneros.
Durante este tiempo, los Jesuitas son expulsados de todos los territorios españoles y quedan, por tanto abandonadas las Misiones de la Baja California. El Gobierno del Virreinato encarga a los

1. **flechado** : heridos o matados con flechas.

Una hacienda típica.

Franciscanos ocupar estos territorios.
El 14 de Marzo de 1769 embarca hacia la Baja California.
Llegan noticias de que los Rusos, desde Alaska, pretenden ocupar la costa Oeste americana.
El Virrey Marqués de la Cruz organiza una expedición para la conquista de estas tierras, pero pronto cae en la cuenta de que hay un personaje clave para conseguir un final feliz: el padre Junípero Serra. Hay que conquistar también el corazón de los indios. No es necesario mencionar el papel tan importante que desempeña Fray Junípero en los preparativos.

La Misión de Santa Bárbara.

Inicia su marcha hacia el Norte con el comandante Portolá.
El primero de Julio de 1769 llegan al puerto de San Diego y fundan la primera Misión en la Alta California.
En un principio las relaciones con los indios no son cordiales en absoluto. Los indios roban y atacan al desprovisto campamento

La Misión de San Gabriel.

español. Las provisiones llegan a ser tan escasas que el Comandante Portolá ordena la retirada. Gracias a la intervención de Fray Junípero se consigue aplazar la retirada y mientras tanto llega el barco, con provisiones desde España. Continúan la marcha y cuando llegan a Monterrey, se instala junto al río Carmelo, en donde funda la segunda Misión convertida en su residencia habitual. Lo que más hace sufrir sin duda a Fray Junípero es la incomprensión y la falta de ayuda por parte de los Gobernadores españoles de California. La acción de los misioneros está supeditada al poder civil y militar, a causa de lo cual se ven oprimidos [1] y limitados. Les llega a decir: «Podéis

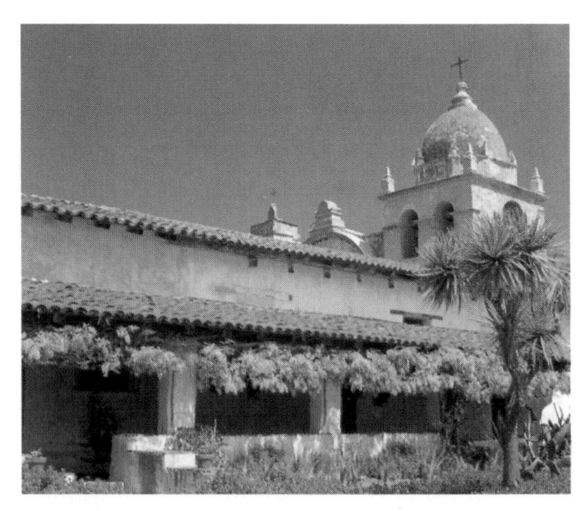

La Misión de San Carlos Borromeo.

1. **oprimidos** : sometidos, tiranizados.

quitarnos las tierras pero no a los indígenas, pues nos pertenecen sus corazones».

Los enfrentamientos son continuos y duros, así que sin reparar en las incomodidades del viaje Fray Junípero toma el camino hacia la Corte del Virreinato de Méjico para solucionar los conflictos con el Gobernador de California.

El Virrey Don Antonio María Bucarell, le recibe con afecto, le escucha y Fray Junípero regresa a sus misiones cargado con abundantes alimentos, telas y utensilios de toda clase.

Con todos esos refuerzos y nuevas normas dictadas para el gobierno de la provincia de California, elaboradas por él y aprobadas por el Virrey, proporciona gran entusiasmo a sus misioneros. Además de las Misiones de San Diego, San Carlos en Carmelo, San Antonio, San Gabriel y San Luis Obispo ya fundadas, se crean las de San Francisco, San Juan de Capistrano, Santa Clara y San Buenaventura. Inicia la fundación de Santa Bárbara, pero le sobreviene la muerte el 28 de Agosto de 1784.

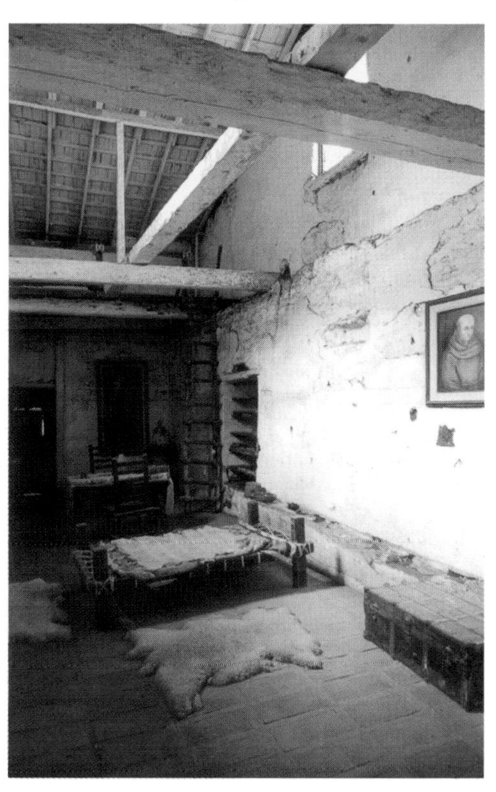

La celda de los *frailes*.

Tras los pasos de Fray Junípero

1 Señala con una cruz la respuesta correcta.

1. Fray Junípero Serra nace en
   - ☐ Palma de Mallorca
   - ☐ Petra
   - ☐ Génova
2. Fray Junípero proviene de una familia
   - ☐ aristócrata
   - ☐ burguesa
   - ☐ labradora
3. Estudia en un convento de
   - ☐ Jesuitas
   - ☐ Dominicos
   - ☐ Franciscanos
4. En un principio las relaciones con los indios son
   - ☐ muy cordiales
   - ☐ cordiales
   - ☐ no son cordiales en absoluto
5. Las relaciones de los Franciscanos con los Gobernadores de California son
   - ☐ excelentes
   - ☐ buenas
   - ☐ malas
6. Los rusos pretenden ocupar
   - ☐ Alaska
   - ☐ Nuevo Méjico
   - ☐ La costa Oeste americana

CAPÍTULO 4

El capitán Ramón

Son las ocho. Es la hora de la cena en casa de Don Carlos. La familia está sentada a la mesa para cenar. De repente, alguien llama a la puerta. Una criada [1] abre y ¡el Zorro aparece!

Don Carlos, su mujer Doña Catalina y su hija Lolita se levantan. Tienen miedo [2].

—Buenas tardes – dice el Zorro. No debéis tener miedo. Usted, Don Carlos, es un hombre honesto. Solamente necesito comer y beber.

---

1. **criado/a** : participio del verbo criar. Persona que está al servicio doméstico y que ha sido alimentado y educado en casa de los señores para tal fin. De ahí: «criado».
2. **miedo** : temor, susto.

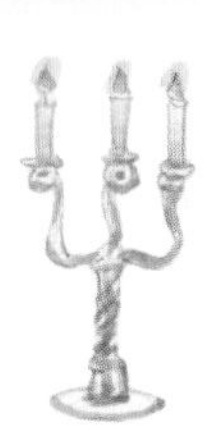

El Zorro

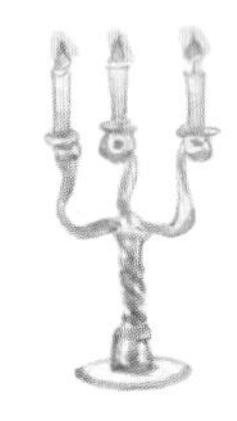

El Zorro se acerca a Lolita y le susurra:

—No puedo olvidar nuestra conversación de esta tarde en el patio.

—No puede quedarse aquí. Es peligroso – murmura la joven.

De repente, un soldado español joven, entra en la habitación. Es el capitán Ramón. Quiere arrestar [1] al Zorro. El Zorro desenfunda su espada y ambos luchan. Los dos

---

1. **arrestar** : detener, encarcelar.

El capitán Ramón

hombres son muy hábiles.

—Quiero arrestarte Zorro – dice el capitán Ramón. ¡Eres el enemigo público número uno! Quiero hacerte mi prisionero.

—¡No me puedes arrestar!, ¡no vas a cogerme! – exclama el Zorro hiriendo [1] al capitán en el hombro con su espada. El capitán Ramón cae al suelo.

1. **hiriendo** : herir, lesionar, lastimar.

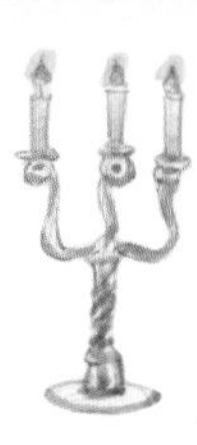

El Zorro

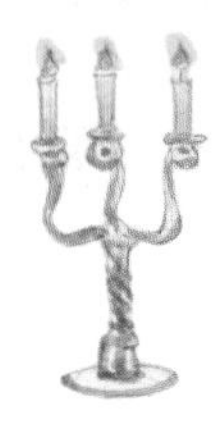

—¡El capitán necesita vuestra ayuda! ¡Ayudadle! – dice el Zorro a Don Carlos, a continuación sonríe a Lolita y desaparece en la oscuridad de la noche cabalgando [1]. Don Carlos y su esposa ayudan al herido. El soldado no deja de mirar a Lolita, la encuentra muy hermosa y desde hace tiempo está enamorado de ella.

Don Carlos, amo a la Señorita. Provengo [2] de una excelente familia y soy amigo del Gobernador.

Tengo veintitrés años y ya soy el capitán del Fuerte. ¿Me permite cortejar [3] a Lolita?

—Primero debo explicarle algo – responde Don Carlos.

—Don Diego Vega desea cortejar a Lolita también, pero mi hija es libre de elegir a su futuro esposo.

Tiene usted mi permiso para cortejarla.

A la mañana siguiente hay un gran bullicio [4] en el Fuerte. Don Diego y los demás hombres observan a los soldados sobre sus caballos. El sargento González habla a sus hombres.

_¡Hoy es un gran día! ¡Vamos a encontrar al Zorro! ¡Debéis buscar en las haciendas, en las casas!

¡Y no lo olvidéis, el Gobernador promete una gran

---

1. **cabalgando** : cabalgar, montar a caballo.
2. **provengo** : provenir, descender, proceder.
3. **cortejar** : conquistar, galantear, acompañar.
4. **bullicio** : agitación, revuelo.

El capitán Ramón

recompensa por la captura de este bandido que está fuera de la ley.

Ese mismo día Don Diego envía una carta a Don Carlos.

Mi querido amigo:

El Sargento González y sus soldados desean arrestar al Zorro.
Le buscan en las haciendas, así que es peligroso para usted y su familia.
Por favor, vengan a mi casa de Reina de los Ángeles, es una casa tranquila y estarán a salvo.
Debo partir por algunos días.

Le saluda su amigo
Diego Vega.

Don Carlos recibe la carta de su amigo y después de leerla exclama:

—¡Qué invitación tan generosa! y ¡qué buena idea!

—Don Diego desea proteger a Lolita. Debemos aceptar la invitación. Así que hoy mismo partimos.

Tras la pista del Zorro

1 Contesta a las preguntas siguientes.

1. ¿A qué hora se cena en casa de Don Carlos Pulido?
2. ¿Quién aparece de repente?
3. ¿Por qué Don Carlos y su familia tienen miedo?
4. ¿Quién entra a continuación?
5. ¿Quién cae al suelo herido en el hombro? ¿Por qué?
6. ¿Qué siente el capitán Ramón por Lolita?
7. ¿Por qué Don Diego envía una carta a Don Carlos?

Gramática ¡dichosa gramática!

Los adjetivos posesivos

Un solo poseedor		Varios poseedores
Sing.	**mi**	**nuestro**, **-a** (con una cosa poseída)
Plur.	**mis**	**nuestros**, **-as** (con varias cosas poseídas)
Sing.	**tu**	**vuestro**, **-a** (con una cosa poseída)
Plur.	**tus**	**vuestros**, **-as** (con varias cosas poseídas)
Sing.	**su**	**su** (con una cosa poseída)
Plur.	**sus**	**sus** (con varias cosas poseídas)

mi, tu, su sólo concuerdan en número

nuestro, vuestro concuerdan en género y número

2 **Completa con los adjetivos posesivos adecuados.**

Don Carlos y .... familia están sentados a la mesa. De repente el Zorro aparece. Don Carlos, ... mujer y .... hija tienen miedo. El Zorro les dice ¡No hay que tener miedo! .... casa es una casa de gente honrada.

A continuación se acerca a Lolita y le susurra a .... oído: «No puedo olvidar .... conversación de esta tarde en el patio». De repente entra el capitán Ramón, desenfunda .... espada y dice: ¡Zorro quiero hacerte ....

prisionero! ¡No vas a cogerme!, – exclama el Zorro hiriendo al capitán con .... espada.

El capitán necesita .... ayuda – dice el Zorro a la familia Pulido. Don Carlos y .... esposa ayudan al herido.

3 **El Zorro es osado, ama la aventura. Lolita tiene la costumbre de pasear por el patio.**
Completa el cuadro siguiente.

Acción	El que hace la acción	El resultado de la acción
Osar	*Osado*	*Osadía*
crear	....	....
....	paseante	....
enseñar	....	....
....	....	fotografía
....	escritor	....
estudiar	....	....
....	redactor	....
....	....	lucha
jugar	....	....

4 **Encuentra en el capítulo la palabra que corresponde a estas definiciones.**

1. El que tiene mala voluntad hacia otro y le desea o hace mal. ....
2. Última comida del día, que se hace al atardecer o por la noche. ....
3. Perturbación angustiosa del ánimo por un riesgo o daño, real o imaginario. ....
4. Acción y efecto de hablar familiarmente una o varias personas con otra u otras. ....
5. El que sirve en la milicia. ....
6. Persona que en campaña cae en poder del enemigo. ....
7. Parte superior y lateral del tronco del ser humano de donde nace el brazo. ....
8. Que siente amor y deseo por alguien. ....
9. Que sobresale en bondad mérito o estimación. ....

5 **Crucigrama.**

Horizontal

1. Baile de América del Sur.
2. 3ª persona del singular del presente del verbo TENER.
3. Terminación del infinitivo de los verbos del 2º grupo.

Vertical

1. La pintura es un ...
2. Preposición.
3. Enfado, rabia.

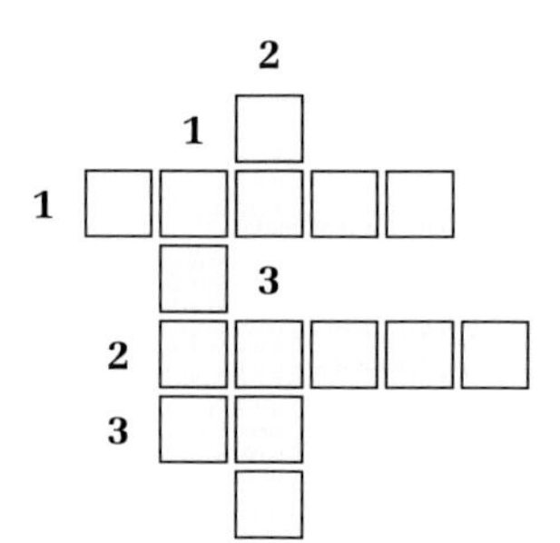

6 A ¿Tienes el oído fino? Escucha con atención ¿Qué sonido oyes, [r] o [r̃]?

	1	2	3	4	5	6	7	8	9
[r]									
[r̃]									

B Completa con R o RR.

1. El Zo...o co...e po... el ce...o, pe...o el capitán ...amón le pe...sigue con el homb...o he...ido
2. El pe...o de ...oque no tiene ...abo, po...que ...amón Ma...tinez se lo ha co...tado.
   ....osita dice que las pe...as están ca...as.
3. Se ...eparan ...uedas y ...adios.

CAPÍTULO 5

Lolita está enamorada

La casa de Don Diego en Reina de los Ángeles es una vivienda grande, acogedora [1] y bonita. Tiene muchas estancias [2] y muchos criados, y en el parque árboles magníficos y abundantes flores.

A Don Carlos y a su familia les gusta mucho.

—Lolita, ¡cásate con Don Diego y esta hermosa casa puede ser tuya! – Dice Doña Catalina a su hija.

—No amo a Don Diego y no quiero casarme con él, responde Lolita.

---

1. **acogedora** : placentera, grata.
2. **estancia** : habitación, dormitorio.

Lolita está enamorada

—Lolita esta noche vamos a visitar a nuestros viejos amigos – dice Don Carlos. ¿Puedes quedarte sola en casa?

—¡Claro que sí! Hay muchos libros en la biblioteca de Don Diego. Puedo leer esta noche.

En la biblioteca, Lolita hojea [1] los libros. ¡Qué hombre más extraño! – piensa.

—Don Diego tiene libros que hablan de amor, de aventuras, de caballos y héroes, pero él carece [2] de vida y energía.

De repente, llaman a la puerta. Un criado abre y el capitán Ramón entra. Se dirige hacia Lolita y le dice:

—Me alegro [3] de encontrarla sola. Es usted una muchacha muy hermosa. Tengo el permiso de su padre para cortejarla, ya sé que Don Diego la corteja y que desea casarse con usted, pero es un hombre poco interesante, no tiene cualidades, no es valiente. Yo, soy el capitán del Fuerte y...

—Estoy sola – dice Lolita. No puede quedarse aquí. No es correcto. Haga el favor de salir capitán Ramón.

El capitán Ramón toma su mano y dice:

—Lolita, ¡yo la amo! ¡Quiero estar junto a usted! ¡La

---

1. **hojear** : revisar, examinar, observar.
2. **carecer** : no tener, no poseer.
3. **me alegro** : me agrada, me complace.

amo! ¡quiero un beso! Yo...

Lolita le empuja y dice:

—No deseo besarle, ¡fuera!

—¡No! ¡Eres mía! ¡Vas a casarte conmigo! ¡Bésame!

Lolita le da una bofetada. El capitán retrocede furioso.

En ese momento el Zorro entra en la habitación y exclama:

—Capitán Ramón, es usted un villano [1] despreciable [2]. No se atreva a tocar a Lolita y salga de esta casa inmediatamente.

—¡No puedo aceptar semejante insulto! Tengo buena memoria y un día... pero no termina la frase pues el Zorro abre la puerta y hace salir al capitán de una patada [3]... en el trasero [4].

—Gracias por tu ayuda Zorro – exclama la joven. ¡Eres valiente y generoso! ¡Te amo!

—Yo también te amo, adorada Lolita – añade el Zorro.

Y entonces se besan apasionadamente.

---

1. **villano** : indigno, vil, ruin.
2. **despreciable** : miserable.
3. **patada** : puntapié. Golpe dado con el pie.
4. **trasero** : posaderas, nalgas.

Tras la pista del Zorro

1 Contesta a las siguientes preguntas.

1. ¿Cómo es la casa de Don Diego?
2. ¿Qué dice Doña Catalina a su hija Lolita?
3. ¿Adónde va Don Carlos y su esposa?
4. ¿Dónde permanece Lolita?
5. ¿Quién la visita?
6. ¿Qué le confiesa el capitán Ramón?
7. ¿Qué hace Lolita?
8. ¿Quién aparece de repente?
9. ¿Qué hace el Zorro?

2 Éste es un breve resumen del capítulo V.
Complétalo con las palabras del cuadro.

patada villano habitación trasero
biblioteca capitán beso ama amigos grande
flores bofetada acogedora casa árboles

1. La .... de Don Diego en Reina de los Ángeles es .... y ....
2. Tiene un parque con muchos .... y ....
3. Lolita no .... a Don Diego, así que no quiere casarse con él.
4. Mientras sus padres van a visitar a unos .... Lolita permanece en la ....
5. De repente el .... Ramón entra y quiere darle un .... Lolita está furiosa y le da una ....

6. En ese momento el Zorro entra en la .... y exclama: ¡es usted un .... despreciable! y le da una .... en el.................. .

3 **¿Cómo es Lolita? Descríbela utilizando los adjetivos siguientes.**

valiente decidida arrogante equilibrada
frágil caprichosa frívola superficial
autoritaria romántica sumisa

....
....
....

El uso de USTED.

Usted (plur. **Ustedes**) es la forma respetuosa de dirigirse a alguien en sociedad.

Es una contracción de **Vuestra Merced** (forma de cortesía usada antiguamente) y requiere el uso del verbo en tercera persona del singular (usted) o del plural (ustedes).

La forma abreviada es **V.** o **Vd.** o **Ud.** y para el plural **Vs. Vds.** o **Uds.**

4 El Zorro cabalga sobre su veloz caballo.

Existe una expresión con la palabra caballo que dice así:
Tiene una fiebre de caballo

También existen otras expresiones que hacen referencia a animales.
¿Sabes poner el nombre del animal adecuado a cada una de ellas?

vaca perros ratón chivo cabra zorro lince

1. A Lolita le encanta leer en la biblioteca, es un .... de biblioteca.
2. El capitán Ramón está más loco que una ....
3. El sargento González está más gordo que una ....
4. El Zorro, es más astuto que un .... y más listo que un ....
5. Al inicio de la historia, el sargento González y sus amigos están bebiendo un trago en la taberna. Hay una gran tormenta, hace un tiempo de ....
6. En el próximo capítulo verás como el magistrado utiliza a Fray Felipe como .... expiatorio.

La fiebre del oro en California [1]

En Enero de 1848 John Marshall descubre oro en Sutter's Fort, (California), pero ¡lo descubre por casualidad!
Este descubrimiento cambia el destino de California. De repente, este territorio olvidado del lejano Oeste se hace universalmente famoso.
En el año 1849 más de 80.000 personas llegan a California. Todos van a buscar oro. Proceden de Estados Unidos, Europa, China, de América Central y de América del sur.
Son llamados los «buscadores de oro». Empiezan a establecerse en campamentos, cerca de las montañas de Sierra Nevada (ver mapa adjunto).
Hoy, algunos son ciudades fantasma y otros ciudades como: Angel's Camp, Auburn, Grass Valley, Jackson, Mariposa, Nevada City, Murphy's, Placerville y Sonora.
La mayoría de los buscadores de oro son pobres. Su sueño es encontrar oro y llegar a ser muy ricos. Muchos encuentran oro, pero pocos llegan a ser ricos.
Los campamentos rápidamente se organizan para proveer sus necesidades.

La calle principal
de un típico pueblo minero.

---

1. **California** : nombre puesto por los conquistadores españoles, tomado de los libros de caballerías.

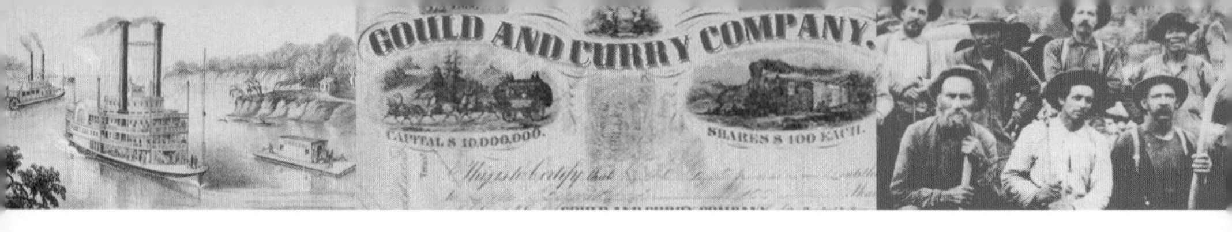

Normalmente se encuentra en ellos un Saloon [2], un hotel, establos, un comercio, una funeraria y un banco.
A menudo los buscadores de oro pagan sus compras con pepitas de oro. Las peleas callejeras son habituales y los asesinatos frecuentes. ¡Son tiempos difíciles!

Mineros.

Los buscadores de oro, en los ríos, utilizan un tamiz con tela metálica con el que separan el oro del resto de materiales por medio del agua. También buscan oro en las cuevas de las montañas de Sierra Nevada, para ello usan picos [3].
Buscar oro no es una tarea fácil. Es un trabajo duro que se hace desde el amanecer hasta el anochecer. Como frecuentemente trabajan de rodillas, necesitan ropa fuerte y duradera.
Levi Strauss, es un marinero inmigrante, que hace pantalones para ese tipo de trabajo llamados «bluc jcans» o «Lcvi's». Estos pantalones llegan a ser muy populares en el Oeste. Más tarde Levi Strauss abre una fábrica de «blue-jeans» en San Francisco.
Por cierto, el explorador y comandante español, Gaspar de Portolá, al que ya hemos mencionado anteriormente, descubre la bahía de San Francisco en 1769 y construye en ese lugar un «Presidio» [4]. A

---

2. **Saloon** : En Estados Unidos, lugar donde se venden y consumen bebidas alcohólicas.
3. **pico** : herramienta de hierro, de forma curva, terminada en punta, usada para cavar y remover tierras duras.
4. **presidio** : en este contexto significa un «fuerte militar».

principios de 1800 San Francisco se llama Yerba Buena y es un tranquilo pueblecito español. Tiene un presidio y una iglesia llamada Misión Dolores y algunas casas. En su puerto hay unos cuantos barcos. Con la «fiebre del oro» de 1848 todo cambia. En un solo año San Francisco se convierte en una ciudad llena de vida y la población crece de 1.000 habitantes a 30.000. Los colonos llegan de todas partes del mundo. La ruta marítima de Nueva York a San Francisco llega a ser muy importante. La ciudad de San Francisco se convierte en la más importante de la Costa del Pacífico. Tanto la ciudad como el puerto están llenos de vida.
Los buscadores de oro a menudo van a San Francisco a vender su oro, comprar provisiones y divertirse. ¡Son tiempos apasionantes!
Hoy San Francisco es una bella ciudad situada junto a la bahía. Gente de todas partes del mundo vive y trabaja allí en armonía. Cada año, millones de turistas visitan sus incomparables atracciones. Tiene un barrio chino llamado Chinatown. North Beach es la zona de los antiguos colonos italianos, con comida típica italiana y cafés.
La música, el arte y el teatro son una parte importante de la vida de San Francisco. Posee excelentes museos y universidades.
La ciudad está construida sobre colinas. Este hecho le confiere unas vistas panorámicas extraordinarias. La arquitectura es una mezcla de rascacielos y de edificios victorianos.
La fiebre del oro ha desaparecido, pero San Francisco continúa siendo una ciudad apasionante.

Cartel publicitario.

1 **¿Verdadero o falso?** **V** **F**

1. En Enero de 1848 John Marshall descubre oro. ☐ ☐
2. Este descubrimiento cambia el destino de California. ☐ ☐
3. Muchos encuentran oro, pero pocos llegan a ser ricos. ☐ ☐
4. Buscar oro es una tarea fácil. ☐ ☐
5. Gaspar de Portolá descubre la bahía de San Francisco en 1769. ☐ ☐
6. A principios de 1800 San Francisco se llama Yerba Buena. ☐ ☐

2 **California, «Fiebre del oro». Campamentos junto a las minas de oro.**

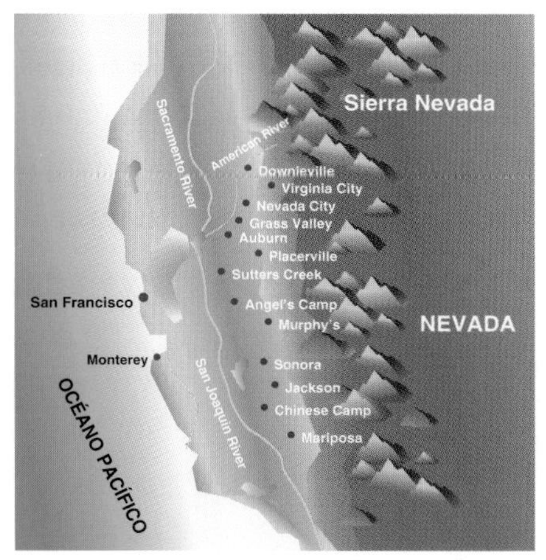

1. ¿Cuántos campamentos hay?
2. ¿Cuántos ríos hay en el mapa? ¿Cuál es su nombre?
3. ¿Cuál es el nombre del océano que baña las costas de California?

CAPÍTULO 6

Fray Felipe

El capitán Ramón regresa furioso al Fuerte.

—¡Debo castigar a Lolita, a su familia y al Zorro por sus insultos! – piensa. Quiero escribir una carta al Gobernador. Don Carlos Pulido es amigo del Zorro, ayuda y protege a este bandido. ¡Son unos traidores [1]!

Así que escribe una carta al Gobernador en la que poco más o menos dice así:

1. **traidor** : desleal.

El Zorro

...No puedo decirle que tengo al Zorro en mi poder pero es que las circunstancias son especiales.
El «señor» Zorro no está solo. En el vecindario le albergan y le dan comida y bebida, y sin lugar a dudas, caballos frescos de repuesto.
El otro día el Zorro estaba en la hacienda de Don Carlos Pulido, un caballero conocido por su hostilidad[1] hacia usted. Allí me dirijo con mis hombres para capturarle, cuando en el salón de la casa de Don Carlos aparece y me ataca hiriéndome en un hombro, y a continuación desaparece. Por añadidura Don Carlos me trata con escaso respeto y la señorita Lolita no esconde su admiración por él.
También tengo datos referentes a una rica familia de la vecindad, con escasa lealtad hacia usted, pero no puedo desvelar el nombre por escrito.

Con profundo respeto
RAMÓN
Comandante y capitán del Fuerte
Reina de los Ángeles

---

1. **hostilidad** : enemistad, antipatía.

Fray 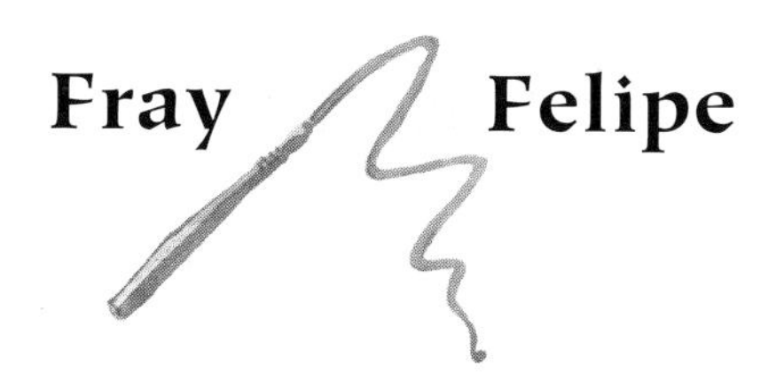 Felipe

A continuación envía la carta al Gobernador mientras en voz alta dice:

—Quiero ver a la familia Pulido en la prisión.

Una voz a su espalda repite

—Quiero verte a ti en la prisión.

Sorprendido, el capitán Ramón se vuelve y ve al Zorro, que le dice:

—Eres un villano, lucha contra mi pero deja en paz a la familia Pulido.

El capitán se dirige hacia la puerta y grita:

—¡Sargento, sargento! ¡Ayuda! ¡El Zorro está aquí! Pero cuando se vuelve la estancia está vacía.

—Aquí estoy capitán, dice el sargento González.

—Coja a sus hombres y busque al Zorro, no debe estar lejos, ¡debemos capturarle!

Los soldados siguen los pasos del Zorro, pero la noche es oscura y es difícil seguirle porque su caballo es muy rápido.

Pronto la luna aparece y el Zorro sabe que esto convierte su fuga más difícil.

Tres millas más lejos, sobre una pequeña colina, hay una hacienda regalada a la misión de San Gabriel por un caballero fallecido sin descendencia. El Gobernador intenta tomarla para el estado, pero no lo consigue. Los Franciscanos de la misión protegen su propiedad con

determinación.

Al cargo de esta hacienda está un fraile llamado Felipe, miembro de la Orden.

González sabe que las huellas del Zorro se dirigen a esta hacienda.

Desmonta e inspecciona las huellas del polvoriento camino, pero no está seguro si conducen a la casa o no.

Da rápidas órdenes; la mitad de los hombres permanecen con su sargento y los demás se dispersan de manera que puedan rodear la casa, registrar las cabañas de los nativos y los graneros.

Entonces llama a la puerta con la empuñadura de su espada.

Poco después la puerta se abre. Aparece Fray [1] Felipe con una vela [2] en la mano:

—¿Qué es este ruido? Pregunta con su voz profunda.

—Estamos buscando al Zorro, Fray.

—¿Y espera encontrarle en mi casa?

—¿Sabe si está por los alrededores?

—No.

—Estoy seguro de que sí.

—Sé que ayuda a los oprimidos, y que castiga a los que

---

1. **Fray** : apoc. de fraile.
2. **vela** : candela, cirio.

cometen sacrilegio y que azota a los que pegan a los Indios.

—¡Eres muy atrevido[1] con tus palabras, Fray!

—¡Está en mi naturaleza decir la verdad, soldado!

—¡Vas a tener dificultades con la autoridad, Franciscano!

—¡No temo a los políticos, soldado!

—¡No me gusta el tono de tus palabras, Fray! Vamos a registrar la casa ¿tienes algo que esconder[2]?

—Conociendo la identidad de mis visitantes, creo que debo esconder las jarras de vino.

Fray Felipe protesta por la intromisión mientras el sargento y sus hombres registran la casa.

De un rincón de la estancia aparece un hombre.

—¡Qué ven mis ojos, si es mi amigo! Don Diego ¿Usted aquí? – dice González con voz entrecortada.

—Vengo de mi hacienda y estoy aquí pasando la noche en la misión con mi amigo Fray Felipe que me conoce desde la infancia. Corren tiempos turbulentos y pienso que aquí al menos, en esta hacienda apartada un tanto del camino puedo encontrar paz y tranquilidad. Pero parece que no es así.

—Don Diego, usted es un buen amigo y un verdadero

1. **atrevido** : osado.
2. **esconder** : ocultar, encubrir.

caballero. Dígame ¿sabe si está por aquí el «señor» Zorro?

—No. Si le encuentran dígamelo. Después de tantas fatigas usted y sus hombres estarán cansados, Fray Felipe quizá puede ofrecerles un trago de vino.

Uno de los hombres de González entra y dice que los graneros y cabañas están registrados, también los establos [1]. No hay rastro del Zorro.

Fray Felipe sirve el vino con desgana [2]. Está claro que lo hace por deseo de Don Diego.

Después de beber el vino el sargento dice:

—No siento especial simpatía por usted, Fray, pero gracias por el vino que es excelente. Debemos continuar nuestro camino. El deber de un soldado nunca llega a su fin.

A la mañana siguiente los hombres del sargento González regresan al Fuerte, están cansados y hambrientos y el Zorro todavía está en libertad.

Dos días después, por la mañana, hay mucha gente en el Fuerte. Don Diego se encuentra allí también. y pregunta:

—¿Qué sucede?

—Este viejo fraile es un ladrón, debe ser castigado – responde el magistrado.

---

1. **establo** : caballeriza, cuadra.
2. **desgana** : disgusto.

El Zorro

El fraile está de pie, encadenado delante del magistrado.

—¡No soy un ladrón, soy solamente un pobre monje!, – declara el fraile.

—Es imposible, – declara Don Diego, Fray Felipe es un hombre honesto, le conozco desde hace tiempo.

—Usted se equivoca – asegura el magistrado mientras llama a dos soldados diciendo:

—¡Dadle quince latigazos [1]!

Los soldados azotan al monje hasta que el anciano cae al suelo. Don Diego está furioso pues Fray Felipe es su amigo.

Lleno de furia Don Diego Vega regresa a su casa.

—Enviadme a Bernardo, – dice a su despensero.

Bernardo es un sirviente nativo sordomudo [2] al que Don Diego trata de una manera peculiar.

—Bernardo ¡eres una joya [3]! – le dice Don Diego. No puedes oír ni hablar y tampoco sabes leer ni escribir. Eres la única persona en el mundo con quien puedo hablar sin temor a las réplicas.

Bernardo sacude la cabeza haciendo ver que entiende. Siempre sacude la cabeza de ese modo cuando los labios de Don Diego cesan de moverse.

---

1. **latigazos** : azotes.
2. **sordomudo** : persona que no puede oír ni hablar.
3. **joya** : piedra preciosa.

Fray Felipe

—Son tiempos turbulentos, Bernardo – continúa Don Diego. No se encuentra lugar donde poder meditar. Incluso a casa de Fray Felipe, hace dos noches, llega un sargento aporreando [1] la puerta con los nervios rotos... y los azotes al pobre Fray Felipe. Espero que este «señor» Zorro, que castiga a los que cometen injusticias, va a oír hablar de este asunto, a ver si se decide a actuar. Bernardo sacude la cabeza de nuevo.

—Bernardo, vamos a salir de este pueblo unos cuantos días, voy a la hacienda de mi padre, debo decirle que no voy a casarme todavía, espero su indulgencia.

Bernardo vuelve a sacudir la cabeza. Sabe que cuando Don Diego le habla largo rato, a continuación hay siempre un largo viaje. A Bernardo, esto le gusta. Le gusta viajar a la hacienda del padre de Don Diego porque siempre le tratan con amabilidad.

Poco tiempo después se ponen de camino, Bernardo va sobre una mula a poca distancia detrás de Don Diego. Durante el camino se encuentran con una pequeña carreta, junto a ella caminan dos Franciscanos y en ella va Fray Felipe intentando esconder gemidos [2] de dolor.

Don Diego desmonta y se dirige hacia Fray Felipe:

---

1. **aporrear** : golpear.
2. **gemidos** : gestos, lamentos.

—Mi pobre amigo – dice.

—Éste es otro ejemplo de injusticia – le contesta Fray Felipe. Durante veinte años gracias a nuestro trabajo las misiones crecen y prosperan. El bendito Fray Junípero Serra hace un siglo, cuando nadie quiere venir aquí por miedo, viene el primero a estas tierras, y en San Diego de Alcalá construye la primera de un gran número de misiones. Nuestro pecado es que prosperamos [1]. Nosotros hacemos el trabajo y ellos quieren llevarse los beneficios. Primero nos quitan nuestras tierras, tierras que cultivamos, y que convertimos en jardines. Nos roban todo, estos militares, y no contentos con eso, ahora nos persiguen.

El destino de las Misiones es desaparecer caballero, pero no podemos hacer nada sino resignarnos [2].

—¿Cómo puedo ayudarle Fray Felipe? Replica Don Diego.

—Con su simpatía y solidaridad ya me ayuda amigo mío. Esto vale su peso en piedras preciosas.

—¿Adónde se dirige? – pregunta Fray Felipe.

—Voy a la hacienda de mi padre, buen amigo. Debo pedirle indulgencia y perdón. Me ordena tomar esposa,

1. **prosperar** : progresar.
2. **resignarse** : someterse, rendirse.

Fray Felipe

pero la verdad, lo encuentro una tarea difícil.

—Eso debe ser una tarea fácil para un Vega, cualquier señorita, debe sentirse orgullosa de llevar ese apellido.

—Yo espero casarme con la señorita Lolita Pulido, pero a ella le gustan los hombres de acción, con energía y no como yo.

—Muestre su corazón y diga que va a ser un esposo perfecto, con esto caballero, puede obtener resultados sorprendentes.

Poco después Don Diego llega a la hacienda de su padre.

—Buenas tardes hijo mío – le dice su padre Don Alejandro Vega. Estoy muy contento de verte, ven y dame noticias de Lolita ¿Quiere casarse contigo?

—¡Lolita! Me gusta la hija de Don Carlos pero a ella le gustan solamente los hombres románticos.

—¿Qué puedo hacer? – dice Don Diego.

—A las jóvenes les gustan los hombres valientes y románticos. Debes hablarle de amor. Debes tocar la guitarra bajo su balcón. Las mujeres adoran las flores y las canciones de amor. Eso es lo que hacen los hombres románticos – explica Don Alejandro a su hijo.

—Pero ¡eso es ridículo! ¡Yo no quiero hacer esas tonterías [1]!

---

1. **tontería** : dicho o hecho sin importancia.

—Al menos ¡inténtalo [2]! Lolita es una joven encantadora – añade el padre de Don Diego.

—Ya tengo suficientes problemas en mi vida, esto es muy complicado, deseo descansar y meditar – dice Don Diego.

1. **intentar** : tener ánimo de hacer una cosa.

Tras la pista del Zorro

1 Contesta a las siguientes preguntas

1. ¿Qué hace el capitán Ramón cuando regresa al Fuerte?
2. ¿Qué dice la carta?
3. El capitán Ramón ¿Adónde quiere enviar a la familia Pulido?
4. ¿Quién aparece en escena? ¿Qué dice?
5. ¿Quién es Fray Felipe?
6. Fray Felipe y el capitán Ramón ¿Se tienen simpatía? ¿Por qué?
7. ¿Qué ordena el magistrado? ¿Por qué?
8. ¿Quién es Bernardo?
9. ¿Por qué Don Diego quiere pedir indulgencia a su padre?

El verbo **gustar** está en tercera persona del singular o del plural y concuerda con el sujeto gramatical de la frase.
Ej: *Me gusta el café. / Me gustan las naranjas.*

(a mí)	me gusta(n)
(a ti)	te gusta(n)
(a él, a ella, a usted)	le gusta(n)
(a nosotros, a nosotras)	nos gusta(n)
(a vosotros / a vosotras)	os gusta(n)
(a ellos / a ellas / a ustedes)	les gusta(n)

2 Completa.

«No .... gusta el tono de tus palabras Fray» dice el capitán Ramón.

A Bernardo .... gusta viajar con Don Diego.

A la señorita Lolita Pulido .... gustan los hombres valientes y románticos.

.... gusta la hija de Don Carlos, pero a ella .... gustan los hombres enérgicos – dice Don Diego.

A las jóvenes .... gustan las flores y las canciones de amor.

Y a ti ¿qué te gusta? Enumera cinco cosas que te gustan:

Me gusta(n) ....

3 Ahora, tú eres el capitán Ramón y decides vengarte. Envía una carta al Gobernador.

Excelentísimo señor:

....

....

....

....

....

....

....

....

Con el más profundo respeto. Su humilde y atento servidor.

4 ¿Cómo andamos de memoria? Completa el texto.

Tres .... más lejos, sobre una pequeña ...., hay una .... regalada a la Misión de San Gabriel por un .... fallecido sin .... El Gobernador intenta tomarla para el .... Los Franciscanos de la Misión protegen su .... con determinación.

González sabe que las .... del Zorro se dirigen a esta hacienda. Entonces llama a la .... con la empuñadura de su .... Fray Felipe .... por la intromisión mientras el sargento y sus .... registran la ....

Dos días después, por la ...., hay mucha .... en el ....

Fray Felipe está de pie .... delante del ....

Los soldados .... al monje hasta que cae al .... Don Diego quiere .... a Fray Felipe y éste le responde:

—Con su .... y .... ya me ayuda .... mío.

5 A ¿Tienes el oído fino? Escucha con atención e indica si el sonido [x] se encuentra en la primera o la segunda sílaba.

	1	2	3	4	5	6	7	8
1ª								
2ª								

B Completa con J o con G.

1. El Zorro prote...e a sus amigos.
2. El capitán Ramón se diri...e por el ata...o a por el Zorro y no de...a en paz a los Pulido.
3. ¡Sar...ento, co...a al Zorro! ¡No está le...os!
4. Los Franciscanos prote...en la Misión con determinación, pero el Sar...ento y sus ...óvenes soldados la re...istran.

CAPÍTULO 7

Los vengadores

Al caer la tarde, el magistrado y sus amigos están en la taberna. Hablan del viejo fraile y se ríen de él.

¿Por qué os reís? Pregunta una misteriosa voz. El magistrado y sus amigos miran hacia la puerta. El Zorro está allí mirando al magistrado. Lleva una pistola en una mano y una espada en la otra.

—Estoy aquí para castigarte, magistrado, sabes muy bien que Fray Felipe no es un ladrón.

—Soy un magistrado muy importante. No me gustan los monjes porque son tus amigos, Zorro.

Los vengadores

El Zorro da un látigo [1] a uno de los amigos del juez diciendo:

—Y ahora da quince latigazos a este corrupto magistrado.

—Pero ¡No puedo hacer una cosa semejante! – exclama el hombre.

—¡Azótale o te azoto yo a ti!

Entonces el hombre azota al magistrado. Después del castigo, el magistrado cae al suelo.

—Así es como yo castigo a la gente perversa – dice el Zorro.

Al día siguiente el país entero habla del castigo.

Un grupo de jóvenes decide ayudar al capitán Ramón y capturar al Zorro. Buscan en las colinas, en los valles y por la tarde se acercan a la hacienda de Don Alejandro Vega.

—¿Qué queréis? Pregunta Don Alejandro sorprendido.

—Estamos buscando al Zorro, queremos la recompensa pero es tarde y tenemos hambre. ¿Podemos comer?

—¡Claro que sí! ¡Pongan las armas junto a la puerta y vengan conmigo!

—Tomen asiento. Pueden tomar estas tartas y este vino.

1. **látigo** : azote largo, delgado y flexible.

El Zorro

Don Alejandro, Don Diego y los jóvenes charlan [1] animadamente pero a las nueve de la noche Don Diego se levanta para ir a dormir.

—Son solamente las nueve hijo mío, ¿por qué no te quedas con nosotros?

—Estoy cansado padre.

—¡Cansado! ¡Siempre estás cansado! ¡Mira a estos

1. **charlar** : conversar, dialogar.

jóvenes! ¡eres joven pero siempre estás cansado!

—Sí padre, tenéis razón. ¡Buenas noches a todos!

Los demás comen, beben y cantan.

Hacia la medianoche un hombre enmascarado aparece en la puerta.

—¡Mirad es el Zorro! – dice uno de los jóvenes.

—¡El Zorro, el bandido! – exclaman todos.

—Sí, soy el Zorro, pero no soy un bandido. Tengo principios y lucho por ellos. En California tenemos

hombres corruptos que se dedican a la política. Magistrados crueles y gente perversa. Yo quiero cambiar estas cosas. Lucho para ayudar a los pobres, a los nativos y a los frailes. Y vosotros ¿por qué lucháis?

—Nosotros también les queremos ayudar – exclama uno.

—¡Tenemos ideas parecidas! – dice otro.

—Entonces ¡luchad conmigo! ¡Luchamos por la misma causa!

—¿Pero quién es usted? ¿Dónde vive? – le pregunta un joven.

—No puedo decir nada, es un secreto.

Los jóvenes exclaman:

—Sí, ¡Queremos luchar con usted!, ¡Queremos justicia en California! ¡Somos «Los vengadores»!

—¡Sí, sí, somos los vengadores! – exclaman los jóvenes.

—Entonces ¡luchemos juntos! – exclama el Zorro. Y dicho esto, se va de la estancia y desaparece en la noche.

Tras la pista del Zorro

1 Contesta a las siguientes preguntas.

1. Al caer la tarde ¿Dónde se encuentra el magistrado y sus amigos?
2. ¿Por qué al magistrado no le gustan los monjes?
3. ¿Qué ordena hacer el Zorro con el magistrado? ¿Por qué?
4. ¿Qué decide hacer el grupo de jóvenes?
5. ¿Adónde van a comer?
6. ¿Quién aparece en la puerta a medianoche?
7. ¿De qué convence el Zorro a los jóvenes?
8. ¿Por qué se llaman «los vengadores»?

PARA y POR

Para expresa:

a. Término de movimiento. *Voy para la oficina.*

b. Término de un transcurso de tiempo.
Para la semana que viene tiene lugar la boda.

c. Destino o fin de una acción o de un objeto. *Libros para leer.*

d. Contraposición, comparación.
Para lo que comes, no estás gorda.

Por expresa:

a. Lugar aproximado. *Esta ciudad está por el sur.*

b. Lugar de tránsito. *Lolita pasea por el patio.*

c. Parte de una cosa. *Coge la jarra por el asa.*

d. Tiempo aproximado. *Estoy aquí por unos días.*

e. Agente de voz pasiva. *El ladrón es detenido por la policía.*
f. Medio. *Paquete remitido por Correo.*
g. Causa. *No va a trabajar por la fiebre.*
h. Finalidad, objetivo. *Lo hago por ti.*
i. Sustitución. *Firma el documento por mí.*
j. Modo. *Celebran la boda por todo lo alto.*
k. Concesión. *Por más que lo repito no me entienden.*
l. Perspectiva futura. *Plazas por cubrir.*

2 **Completa con la preposición adecuada.**

La gente dice que el Zorro roba a los ricos .... darlo a los pobres.

El Zorro cabalga .... el Camino Real.

El Gobernador ofrece una recompensa .... su captura.

—Don Diego usted es rico y noble .... eso no entiende nada, – dice el sargento González.

—Estoy aquí .... castigarte. – dice el Zorro al sargento González desenfundando su espada .... luchar.

El Gobernador siente simpatía .... la familia Vega.

El Zorro siente simpatía .... el padre de Lolita.

A las ocho de la noche la familia de Don Carlos está sentada a la mesa .... cenar.

—Tiene usted mi permiso .... cortejar a Lolita – dice Don Carlos al capitán Ramón.

El capitán Ramón desea castigar al Zorro .... sus insultos.

Fray Felipe sirve vino a los militares .... deseo de Don Diego.

—Encontrar esposa debe ser tarea fácil .... un Vega. – dice Fray Felipe a Don Diego.

A las nueve de la noche Don Diego se levanta .... ir a dormir.

El Zorro tiene principios y lucha.......ellos; lucha..........ayudar a los pobres.

El Zorro y los vengadores luchan............ la misma causa.

3 **Vuelve a leer el capítulo VII y encuentra sinónimos de estas palabras.**

1. juez ....
2. compañero ....
3. revólver ....
4. sable ....
5. fraile ....
6. azote ....
7. punición ....
8. cerro ....
9. vaguada ....
10. fatigado ....
11. bandolero ....
12. asuntos públicos ....
13. indigente ....

4 Ordena los acontecimientos cronológicamente.

a. ☐ El hombre azota al magistrado hasta que cae al suelo.

b. ☐ El Zorro está allí mirando al magistrado.

c. ☐ El magistrado y sus amigos miran hacia la puerta.

d. ☐ Un grupo de jóvenes decide ayudar al capitán Ramón y capturar al Zorro.

e. ☐ Al caer la tarde el magistrado y sus amigos están en la taberna.

f. ☐ Los vengadores se ponen de acuerdo con el Zorro para luchar por la justicia en California.

g. ☐ Por la tarde se acercan a la hacienda de Don Alejandro Vega.

h. ☐ El Zorro da un látigo a uno de los amigos del juez.

i. ☐ El Zorro y los jóvenes luchan por los mismos principios.

La California de nuestros días

California actualmente, es el estado más poblado de los Estados Unidos.

El Valle de la Muerte.

Alrededor de 34 millones de personas viven allí. Su capital es la ciudad de Sacramento. Muchas de las antiguas Misiones españolas son hoy importantes ciudades. Muchos californianos hablan español. Ciudades, calles, parques y escuelas tienen nombres españoles.

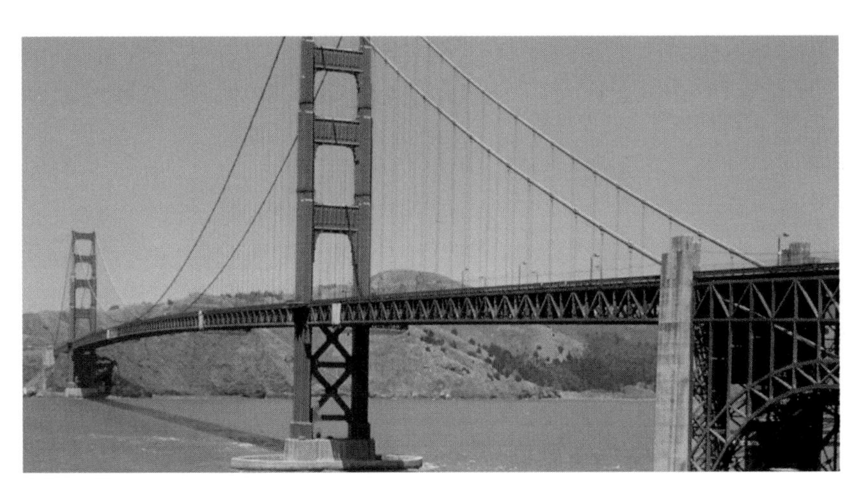

El puente Golden Gate en San Francisco.

California es famosa por sus bellezas naturales. Tiene montañas (Coast Range), verdes valles, playas de arena fina y tórridos [1] desiertos.

Algunos de sus maravillosos Parques Nacionales son:
Yosemite, Sequoia, King's Canyon, Muir Woods, Shasta, Death Valley y Humboldt Redwoods.

Gracias a su clima templado y suave, California es uno de los mayores productores de frutas del mundo (cítricos). Produce algodón y tiene abundante ganadería y pesca.

«La fiebre del oro» ya no existe pero el petróleo y el gas natural hacen que tenga una industria floreciente.

Disneyland.

El Parque Nacional de Yosemite.

1. **tórrido** : caliente.

Posee una industria cinematográfica de fama mundial (Hollywood).
Tiene importantes Universidades como Berkeley, Los Angeles, Santa Bárbara, Stanford y centros de la N.A.S.A. (Amos, Pasadena).
Millones de turistas visitan California cada año y a los jóvenes les gusta visitar Disneyland.
Es un estado sumamente cosmopolita donde vive gente proveniente de todas partes del mundo.

San Francisco, mundo subacuático.

1 California hoy ¿Cómo andamos de memoria? Completa con las palabras adecuadas.

California actualmente es el .... más .... de Estados Unidos, con una población de 34 millones.

Muchas de las antiguas .... son hoy importantes ciudades.

Muchos californianos hablan .... y ciudades, parques, escuelas y jardines tienen nombres........................ .

California es famosa por sus .... naturales.

Gracias a su clima .... California es uno de los mayores productores de .... del mundo.

Es un estado sumamente .... donde vive gente de todas partes del mundo.

2 Usa las letras y escribe los nombres de:

1. Dos importantes ciudades ....
2. Un Parque Nacional ....
3. Una Universidad ....

A A A B C C E E E E E E E
F G I I K L L L
M M N N N O O O R R
S S S S S T T Y Y

CAPÍTULO 8

La evasión

El Gobernador de California está aquí hoy, – dice el sargento González.

—Bien – dice el capitán Ramón. Tengo que hablar con él.

—Buenos días Capitán Ramón – dice el Gobernador. Tengo su carta. Le agradezco la información acerca de la familia Pulido. Son los amigos del Zorro. Son traidores y peligrosos. ¡Debemos encarcelarles y matarles!

—¡Qué buena idea! Mis soldados pueden arrestarles hoy – dice el capitán.

Un grupo de soldados se dirige a la hacienda de la familia Pulido. Arrestan a Don Carlos a Doña Catalina y a

Lolita y les conducen a la prisión. Don Carlos está furioso, las dos mujeres lloran.

Cuando Don Diego se entera de la noticia se dirige a casa del Gobernador y le pregunta porqué sus amigos están encarcelados.

El Gobernador responde:

—¡Son amigos del Zorro! Le ayudan y le protegen. Son traidores!

—¡No puedo creerlo! Les conozco. Son gente honrada. No ayudan a los bandidos – dice Don Diego.

—Está usted equivocado Don Diego. Deben ser castigados. ¡El castigo para los traidores es la muerte! – Exclama el gobernador.

Por todo el pueblo se comenta esta nueva injusticia, que llega hasta oídos del Zorro.

El Zorro decide entonces enviar un mensaje a los vengadores.

El mensaje dice lo siguiente:

La evasión

Debemos encontrarnos a medianoche en el lago.
Traed las espadas y las pistolas.
Pasad la voz

A medianoche el Zorro y los vengadores se encuentran en el lago. Cada vengador lleva una máscara negra sobre la cara.

El Zorro les dice:

—Estamos aquí para rescatar a Don Carlos y a su familia pues son inocentes. Debemos penetrar en el Fuerte, desarmar a los guardias y liberarles y además debemos hacerlo en silencio Francisco, tú llevas a Don Carlos al pueblo de Pala, José, tú a Doña Catalina a la hacienda de los Vega y yo llevo a Lolita con Fray Felipe. Deben permanecer escondidos durante algunos días.

El Zorro y los vengadores, penetran en la prisión, sorprenden a los guardias y rescatan a la familia Pulido. Don Carlos y Doña Catalina llegan a su destino.

Los soldados persiguen al Zorro y a Lolita en la noche mientras la luna se alza por detrás de las colinas, pero el caballo del Zorro es muy rápido.

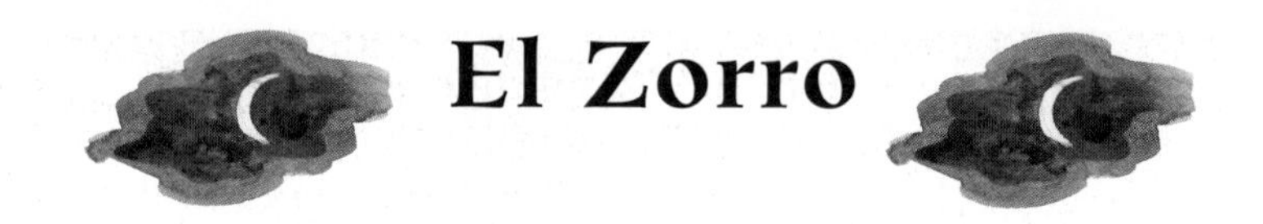

El Zorro

Con la señorita sentada a la grupa [1] del caballo delante de él, piensa que debe conducirla a un lugar seguro, no sólo porque es la mujer que ama, sino también porque él no es la clase de hombre que permite a un prisionero por él rescatado [2], ser vuelto a capturar. Galopa y galopa bajo la luz de la luna, hasta ver a lo lejos la misión de San Gabriel.

El Zorro llega por fin a casa de Fray Felipe y le dice:

—Fray Felipe ¿Puede usted proteger y esconder a Lolita por unos días? Su vida está en peligro.

—Sí, por supuesto. – Contesta Fray Felipe.

El Zorro da un beso a la joven y le murmura al oído:

—¡No olvides que te amo! Y vuelve a marcharse al galope en la oscuridad de la noche.

1. **grupa** : flanco, cadera.
2. **rescatado** : liberado, salvado.

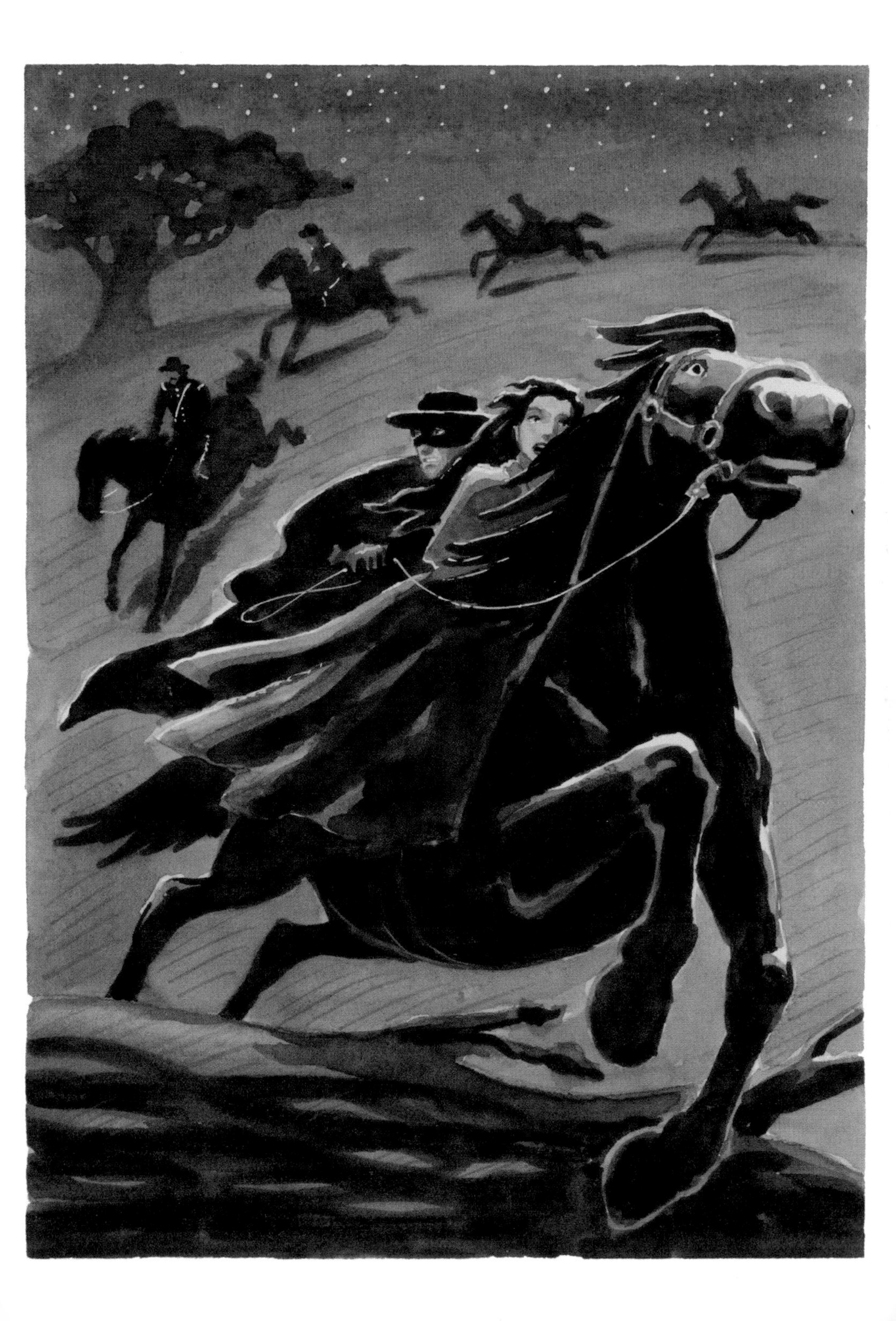

Tras la pista del Zorro

1 Contesta a las siguientes preguntas.

1. ¿Qué dice el Gobernador al capitán Ramón?
2. ¿Qué le responde el capitán Ramón?
3. ¿Qué hacen los soldados?
4. ¿Qué opina Don Diego del asunto?
5. ¿Qué dice el mensaje que envía el Zorro a sus amigos?
6. ¿A qué hora se reúnen todos? ¿Dónde?
7. ¿Qué deciden hacer?
8. ¿Adónde conduce el Zorro a Lolita?

2 Subraya la palabra correcta.

1. El Gobernador dice: «La familia Pulido es amiga del Zorro. Son *traidores / bandidos*.»
2. Un grupo de *amigos / soldados* se dirige a la hacienda de la familia Pulido.
3. Don Diego dice: «La familia Pulido es gente *peligrosa / honrada*. No ayudan a los bandidos.»
4. El Gobernador dice: «El castigo para los traidores es la *cárcel / muerte*.»
5. A medianoche el Zorro y los vengadores se reúnen en el *Fuerte / lago*.
6. Cada vengador lleva una *máscara / bufanda* negra sobre la cara.
7. El Zorro les dice: «Estamos aquí para *rescatar /arrestar* a la familia Pulido.»
8. El Zorro y Lolita cabalgan hacia la *granja / casa* de Fray Felipe.